Cymagloum le Moglop

Valka ◆ Math

Cymagloum le Moglop

Dépôt légal : décembre 2022
ISBN : 978-2-9577444-2-8

www.valkacircus.com

Les illustrations de cet album ont été réalisées à l'aquarelle.

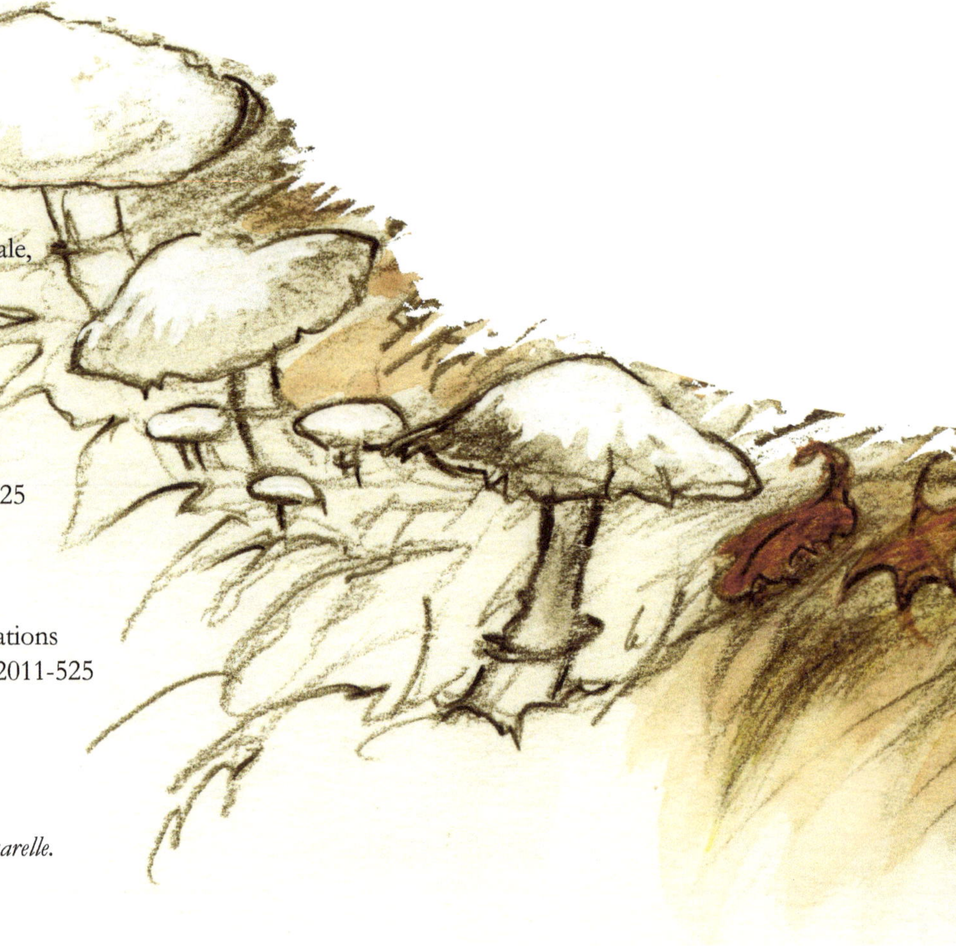

Pour Camélia
Pour Quentin

Jadis un faiseur de fagots, sa femme et ses enfants habitaient à l'orée d'une forêt profonde.

Dans le pays
où ils vivaient
certains racontaient que
tout au fond du bois
existait un petit être coquin
et malicieux à la tignasse blonde...

...Cymagloum le moglop.

D'autres affirmaient encore
que bien que très méfiant
le petit bonhomme était
également très gourmand
et qu'il prenait parfois le
risque inconsidéré
de s'aventurer
dans les maisons
des hommes.

S'il arrivait qu'on sorte
de chez-soi en oubliant
de fermer sa porte
et qu'une délicieuse
odeur de soupe
s'évade de la
cheminée,
Cymagloum
ne résistait pas
à la tentation.

Ses narines
frémissaient,
ses joues
s'empourpraient,
ses papilles se délectaient.

Il lui fallait entrer...

... et goûter au délicieux nectar.

Il s'en faillit souvent de peu qu'il ne se fasse prendre
mais sitôt surpris, il déguerpissait à une telle allure
que tous ceux qui l'apercevaient ne pouvaient jamais
dire à quoi il ressemblait vraiment.

Des trois enfants du faiseur de fagot, Cadi, l'aîné,
passait presque tout son temps à fagoter.
Qu'il vente, qu'il neige ou
qu'il pleuve, il travaillait dur
auprès du père. La tâche était rude
mais il ne se plaignait jamais.

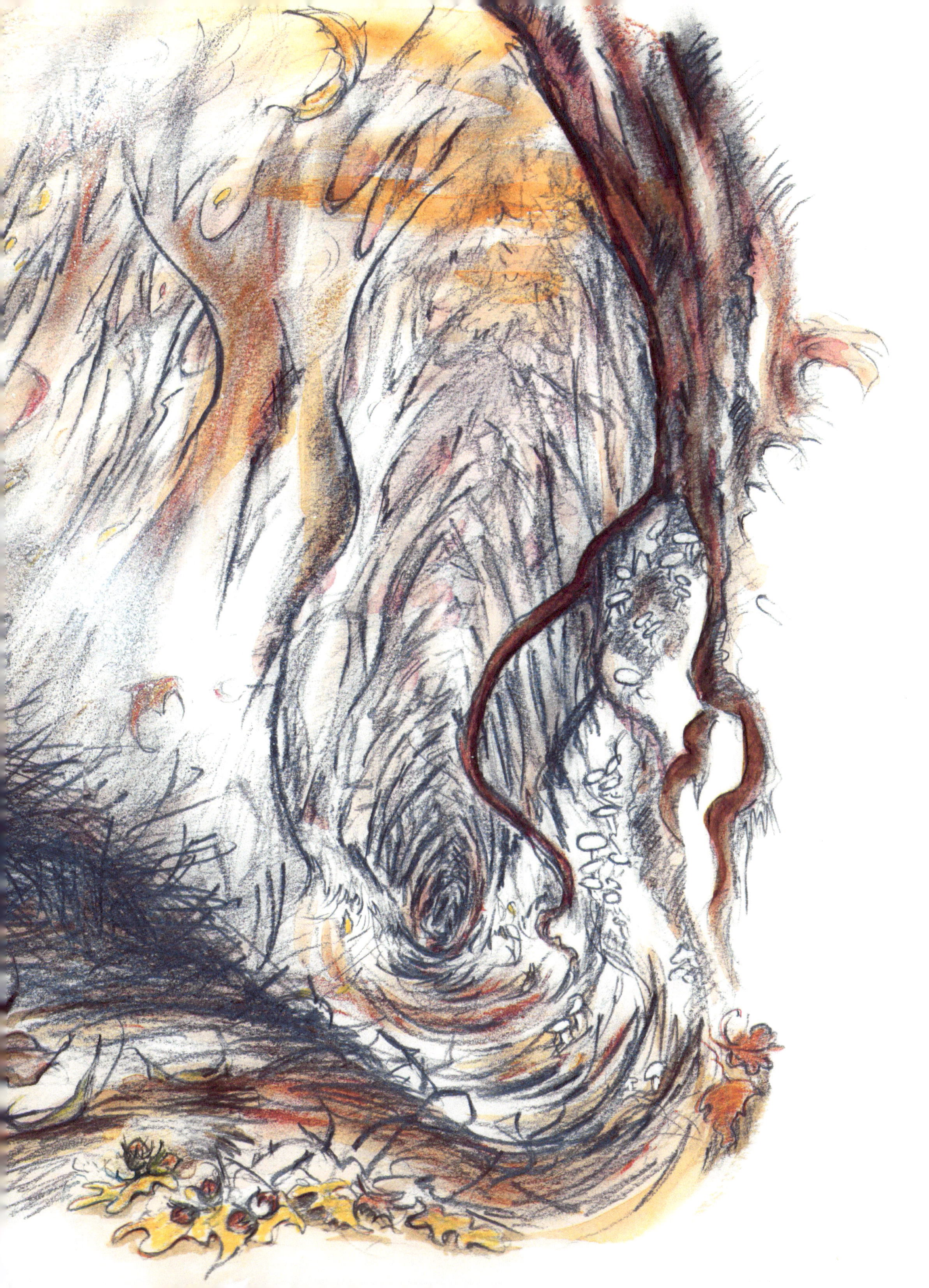

Fendine, la seconde des trois enfants était tout
aussi courageuse. C'est elle qui chargeait l'âne
pour aller à la ville, vendre les fagots, qui aidait
la mère à la maison, qui s'occupait du
potager, de la chèvre et du bouc,
des poules et du cochon.
C'est elle enfin
qui veillait sur Palotte,
la petite dernière
dont la santé
fragile donnait
bien du souci.

Sans que l'on
sache pourquoi,
la fillette manquait
cruellement
de forces
et plus
elle grandissait,
plus sa pâleur
s'affichait.

Un jour, Palotte courut dans les bras de sa sœur :
— J'en ai assez de ne rien pouvoir faire comme les autres !
je veux guérir, lui dit-elle en pleurs,
partons dans les bois et cueillons les fruits
les plus beaux et les plus rouges
que nous rencontrerons, je suis sûre
qu'ils me donneront leurs forces et leurs couleurs !

Fendine émue, n'eut pas le cœur de refuser.

Après avoir longtemps marché et cherché,
elles découvrirent enfin dans un buisson,
enracinés au pied d'une source vive,
les fruits les plus beaux et les plus rouges de la forêt.

Mais...

Lorsque Palotte porta le premier fruit à sa bouche,
le ciel devint tout noir et le sol se déroba sous ses pieds.

Le docteur de la ville l'ausculta
longuement...

... et avoua tristement qu'à sa connaissance
il n'existait aucun remède contre
les coeurs de sorcières.

En partant, il promit de repasser chaque jour.

Dix jours et dix nuits passèrent.

Palotte ne cessait de délirer.
Tout ce qui fut tenté pour la guérir fut vain.
L'état de la fillette empirait et Fendine ne quittait pas
son chevet.

Mais au bout de la fin de la dixième nuit
quelque chose d'inattendu se passa.

Le bruit de la porte
cognant au vent d'orage
réveilla Cadi.

Lorsqu'il se leva
pour aller la fermer,
il découvrit dans l'âtre,
le Moglop accroupi
sur le vieux chaudron
se délectant de soupe
encore tiède.

Il n'en cru pas ses yeux !
— Attend ! s'écria t-il en
voyant le petit être s'enfuir
aussitôt sous son nez.

Sans hésiter, il se lança à sa poursuite dans l'aube rouge
et brumeuse du matin. Le petit être courait vite. Très vite même !
Sa poitrine était en feu et lui faisait mal.

Derrière lui, Cadi lui collait au train.

Mais d'un seul coup le Moglop stoppa sa course
et tomba par terre. Le pied pris dans un collet,
il se retrouva piégé comme un lapin.
Cadi se jeta sur lui. Le petit bonhomme,
tremblant de peur, ferma les yeux.
— Ne crains rien ! rassura le garçon,
je veux juste que tu m'aides.
Ma petite sœur a avalé des coeurs de sorcières...
elle est très malade, toi qui connais la forêt
aide-moi à la sauver...
tu pourras me demander ce que tu voudras !

Cymagloum bien que très effrayé,
ressentant la détresse de Cadi
écarquilla ses grands yeux noirs
et poussa un petit couinement bizarre
signifiant qu'il acceptait de l'aider.

La nuit était froide.
Derrière la fenêtre, bien haut dans le ciel,
la lune et l'étoile...

... semblaient regarder dormir Palotte
Sur la pointe des pieds, s'efforçant de
faire le moindre bruit, Cymagloum
s'approcha de la fillette.
Il la trouva très belle
et petite comme lui.
Il lui fit alors avaler
doucement trois
petites baies
sauvages
dont lui seul
connaissait
le secret.

Puis, il disparut comme il était venu.

Lorsque le coq chanta le lendemain matin,
Palotte fut la première à l'entendre

Elle quitta son lit d'un bond.
Jamais elle ne s'était sentie aussi bien.
Elle couru vers le morceau de glace qui lui servait
de miroir et poussa un grand cri de joie
en voyant le teint rose de ses joues revenu :

— Je suis guérie ! s'écria-t-elle, je suis guérie !
regardez-moi !

Ce matin-là, fut un grand moment
de bonheur pour tous
et un énorme soulagement aussi.

Fendine serra très fort sa petite
sœur contre son cœur.
On décida de ne pas travailler,
improvisant même une petite fête.

Palotte méconnaissable déborda d'énergie et son rire
frais et joyeux retentit tout au long de la journée.

Depuis ce temps-là, dès la nuit
tombée quand tout le monde dort
dans la maison du faiseur de fagots,
une bonne soupe chaude
attend Cymagloum sur le bord
de la table.

Et même si le père, la mère et Fendine
ne croient pas trop à cette histoire
de petit bonhomme des bois,
ils sont tout de même bien étonnés
de découvrir chaque matin
l'écuelle vide.

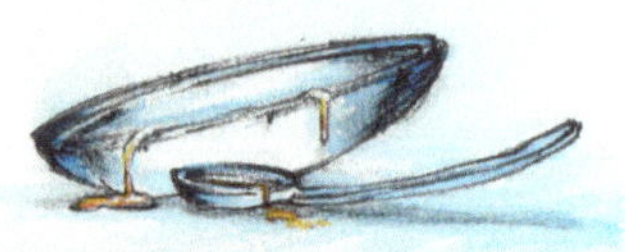

Quand à Cymagloum... ?

CHUT...!
Je crois bien qu'il ne faut pas
le déranger.

Fin